MARCUS - BRUTUS,

TRAGÉDIE

EN TROIS ACTES ET EN VERS.

PAR LE Cᶜ. DEVINEAU.

IMPRIMÉE EN M. DCC. LXXVI.

Recorrigée, augmentée en l'an 8, et réimprimée en l'an 11.

A PARIS;

Chez {
L'AUTEUR, rue du Four-Honoré, n°. 10.
PETIT, Libraire, Palais du Tribunat, Galerie vitrée, en face les Galeries de Bois, n°. 229.

PERSONNAGES.

BRUTUS,

CASSIUS, } SÉNATEURS ROMAINS,

PORCIE, *Épouse de Brutus.*

LUCIUS,

MESSALA, } *Généraux de leur parti.*

OPPIUS,

MARC ANTOINE, *successeur de César, défenseur d'Octave et général de son parti.*

SOLDATS *Romains, du parti de Brutus, de Lucius de Cassius, d'Oppius et de Messala.*

La Scène est en Thessalie.

ARRATA.

Page première, vers cinq, ou ; *lisez* et.
dem. vers treize, fit ; *lisez* dit.
Idem. vers quatorze, vins ; *lisez* fis.
Page 8, vers huit, Porcie ; *lisez* Hélas !
Idem. vers treize, pouvoir ; *lisez* vous voir.
Page 10, vers quatre, une tâche infâme ; *lisez* l'erreur et le blâme.

MARCUS-BRUTUS,

TRAGÉDIE.

ACTE PREMIER.

SCÈNE PREMIÈRE.

BRUTUS, *seul.*

Où portes-tu tes pas, inflexible Brutus ?
Quel trouble règne encor dans tes sens abattus ?
Des bords du Phlégéton, est-ce quelque furie,
Un phantôme, une image, ou ton mauvais génie ?
Marius ou Sylla s'offrent-ils à tes yeux ?
Ou plutôt dans ton sort, immolé par les Dieux,
Phantôme, quel es-tu ? qui, du sombre rivage,
Viens au camp de Brutus lui montrer ton image ?
Jule, fuis-tu le Styx que ton ame a passé ?
Pour quelques noirs complots, spectre, en es-tu chassé ?
Ou bien as-tu voulu, par quelque noire trame,
Tromper Minos, Pluton, ou séduire sa femme ?
On me dit par soupçon être né de ton sein ;
Mais m'en vîns-tu donner un garant de ta main ?
Pour être nommé chef par la ruse et la brigue,
Tu mis tout en usage, et l'audace et l'intrigue ;

I

Et dès que l'on t'eut vu le vainqueur des gaulois,
Ta fureur se permit de nous dicter des lois.
Le sénat étonné témoigna sa colère,
De ton ambition vit l'excès téméraire.
Tu redoutas Pompée, et d'un ton menaçant,
Tu voulus du sénat un grade tout puissant,
Pour toi seul, et non pas pour la cause publique;
Et ton audace fut ton unique réplique;
Mais tu ne l'obtins pas. Aussitôt ta fureur
Franchit le premier pas, porta par-tout l'horreur,
Vint à Rome, et soudain, sans que rien ne t'arrête,
Du rapt de l'or public fit un droit de conquête;
Frappe, renversa tout par un terrible éclat,
En toi fit voir un maître au milieu du sénat;
Et poursuivit d'un front que nul autre n'égale,
Ce sénat qui s'enfuit aux plaines de Pharsale,
L'accabla sans regret, ordonna de son sort,
Fit marcher à tes pas la terreur et la mort;
Et décidant de tout par le droit de l'épée,
Causa chez un cruel le trépas de Pompée.
Dans Rome de retour, trancha du souverain,
Fit des lois pour toi seul, et vint en inhumain
Affermir avec art, l'art de la tyrannie.
Et moi je n'aurois pas puni ta perfidie,
Quand à Cassius même elle osa refuser
Ce que Rome avoit droit, sans toi, de disposer!
Quand Octave ton sang ne cesse de poursuivre,
Qui, sans la liberté, ne peut cesser de vivre;
Lorsqu'Antoine avec lui sorti du sein des morts,
A fait fuir deux amis vers ces funestes bords;

Et trahit dans le peuple une triste victime,
Qui jadis applaudit à ta mort légitime.
O par toi, que je vois après ce coup frappé,
Combien l'homme crédule est sans cesse trompé!
Si je suis sans remords d'un moment trop horrible,
C'est toi, César, toi seul, qui le rendit terrible!
Ah! de mes tristes yeux pour jamais dédaigné,
Romain, retire-toi, fuis Brutus indigné;
Vas, retourne aux enfers à Marius te joindre,
Pour Rome ce sera de tes brigues la moindre.
Barbare, en t'ignorant, l'infortuné Brutus,
Sans doute, auroit eu moins du poids de ses vertus.
J'ai fait à ton trépas tomber la tyrannie,
Je le ferois encor pour venger l'Italie.
O vous, Dieux protecteurs de son sort abattu,
Rendez, rendez le calme à son cœur éperdu.
Sa peine est de son trouble et non de son courage:
En est-il un plus grand que le sort lui présage?

SCENE II.

BRUTUS, CASSIUS.

BRUTUS.

Est-ce vous, Cassius? vous voyez de quels soins.....

CASSIUS.

Ces soins ici, Brutus, veulent d'autres témoins.
Le malheur qui nous suit, un moment nous engage
A mieux voir du destin le rigoureux partage;

A juger si le sort qui s'accorde avec nous,
Ne nous fait point encore appréhender ses coups.
D'Antoine, sur mes pas, la présence imprévue....

BRUTUS.

Dans le camp, ciel! Antoine!

CASSIUS.

Il veut une entrevue.

BRUTUS.

Lui? ce barbare! ô Dieu! il faut la rejeter.

CASSIUS.

Au contraire, je crois qu'il le faut écouter.

BRUTUS.

L'écouter! ce cruel! lui qui l'appui d'Octave,
De son pays, ce jour, vient de faire un esclave!
Lui qui vient pour jamais de lui donner des fers!
Lui, dont les jours, sans moi vous devenoient peu chers,
Dont Cassius enfin alloit trancher la vie,
Et qu'a sauvé ma main, pour moi trop ennemie.

CASSIUS.

Hélas! Brutus, n'importe, il faut l'entendre au moins
Et que de ses raisons nous soyons les témoins.
Peut-être, regrettant de faire Rome esclave,
Espère-t-il se joindre à Brutus qui le brave.

BRUTUS.

Quel traité, Dieux! par lui peut nous être dicté ?
Vient-il pour l'obtenir par un lâcheté ?
Il fut fourbe, inhumain, traître envers sa patrie;
Toujours un cœur pervers montre une ame avilie.

CASSIUS.

Comme vous je le sçais; mais soumis aux destins,
Il faut l'entendre au moins pour le sort des Romains,
Le toucher, le fléchir....

BRUTUS.

       Quoi! Cassius persiste;
Il veut de ce barbare.....

CASSIUS.

     Oui, Brutus, et j'insiste....

BRUTUS.

Eh bien, donc... Mais que vois-je en de pareils instans?
Lucius, vient-il dire un fâcheux contre-tems?

SCENE III.

LUCIUS, BRUTUS, CASSIUS.

LUCIUS.

Non; le calme est par-tout; et le plus sombre orage
N'annonce point encor l'approche du carnage.

L'image de la terre éloigne son tombeau ;
Le jour plus que jamais fait briller son flambeau ;
Tout repose , tout dort dans une paix profonde.
Mais à ce calme heureux jusqu'aux portes du monde ,
Dieux ! qu'il tarde à mon cœur de vous faire éprouver
Un bonheur qu'à l'instant vous allez retrouver.
C'est un soulagement qui pour vous me console ,
Et qui dès que vos pas fuirent du Capitole ,
Mirent un noir chagrin au fond de votre cœur ;
Mais joignant à vos maux du moins quelque douceur ,
Il va vous attendrir autant que vous surprendre ;
Porcie est dans le camp.

BRUTUS.

       Ciel ! que viens-je d'entendre ?
Porcie !...

LUCIUS.

   Elle dévance Antoine, en ce moment.
Vous-même, jouissez de votre étonnement ,
Je devais m'empresser de venir vous l'apprendre,
Et je vole pour Rome à d'autres soins me rendre.

BRUTUS.   (Comme il sort.)

Généreux Lucius, à tels devoirs lié,
Que ne puis-je à vos pas suivre autant d'amitié.
Mais un bien m'y soustrait. Dans un autre soi-même ,
Hélas ! il est bien doux de revoir ce qu'on aime.
Pardonnez , Cassius.

CASSIUS.

      O Brutus, digne ami ,

Vous n'êtes maintenant malheureux qu'à demi.
C'est ainsi de nos jours que le destin se joue !
Sans cesse il est des maux que celui qui s'y voue,
Avec le seul bonheur voudrait bien échanger :
Mais le jour paraît, brille et vient nous soulager ;
Il éclaire souvent l'horizon de la vie ;
Satisfaite sans doute à la plus digne envie.
Un mélange d'erreur, de douceur et d'espoir,
Hélas ! nous rend souvent ce que l'on croit revoir.
Vous allez l'éprouver dans un autre vous-même,
Toujours le mal, le bien, ont ensemble un extrême.
Quand de trop de bonheur les destins sont jaloux,
On fléchit quelquefois les cieux moins en courroux.
J'aperçois votre épouse, il suffit ; je vous laisse. (*Il sort*).

B R U T U S, *seul*.

L'ai-je ouï ? quel desir de la revoir me presse ?
Mais puis-je encor le croire ? et dès l'heure espérer
Ce que j'étais bien loin de pouvoir desirer.
Est-ce une vaine erreur dont un ami m'abuse ;
Quand l'amitié se trompe, ô ! que douce est l'excuse !
Mais, Antoine, est-ce toi, toi, cruel, qui me rends...
Juste Ciel ! est-ce un bien que par toi je reprends ?
Dans quel rang odieux faut-il que je la trouve ?
Est-ce un sort que par toi son malheur même éprouve,
Du moment que tout est dans la confusion,
Que la mort, le ravage et la destruction ;
Que la cupidité, la sordide avarice
Ont fait du sein de Rome un affreux précipice ;
O moitié de Caton ! digne de ses vertus,

Porcie, es-tu toujours la femme de Brutus ?
Que vois-je? est-ce elle? ô ciel ! mon ame trop troublée
Ne s'égare-t-elle pas de douleur accablée?
Est-ce Porcie encor précipitant ses pas
Vers moi près des horreurs du meurtre et du trépas ?

SCENE IV.

BRUTUS, PORCIE.

BRUTUS, *courant à elle en stoïque.*

C'EST-ELLE, Dieux... ô Dieux... mon épouse, ô Porcie !

PORCIE, *avec de vives marques de tendresse.*

O Brutus, digne objet, idole de ma vie !
Ouï, j'accours, je vous vois, et je tombe à vos pieds ;
Et quand je vous rejoins, mes maux sont oubliés ,
Ces maux affreux, cruels, que des monstres barbares
Hélas ! m'ont fait souffrir par des ressources rares.

BRUTUS.

Qu'il m'est doux , chère épouse, en ces tristes momens,
De pouvoir dans mes bras, finir de tels tourmens ,
Digne et tendre moitié qu'un sort plus doux m'amène...
Quel charme ! quel bonheur, enfin quelle ame humaine
Vous rend à votre époux, sans crime, sans forfaits ?
Non , la postérité ne le croira jamais.
Un doux saisissement et m'agite, et m'enflamme ;

La sensibilité s'empare de mon ame ;
En voyant de vos sens la pénible langueur,
Mon cœur croit voir du sort s'affaiblir la rigueur.
Mais dans de tels momens où vous m'êtes si chère,
Dans ces momens d'horreur qui font frémir la terre,
Stoïque environné des horreurs du trépas,
Y cherchant malgré moi, les biens qui n'y sont pas,
A quel égarement mon ame est-elle en proie ?
Non, ce n'est pas le tems de montrer quelque joie.
La terreur est par-tout, et j'en suis entouré ;
Mais je la vois d'un front et d'un bras rassuré.
Dans ces momens sanglants que le crime environne,
Où mon cœur est le même, où rien ne m'abandonne,
Juste ciel ! que je tremble à vous interroger,
Quand le sang de Caton est encore à venger !
Malgré les ennemis de son sort trop funeste,
Vous arrivez, je vois tout l'espoir qui me reste.
Mais la fortune enfin qui trompe les esprits,
A séduit bien souvent des cœurs mal affermis.
Vous êtes demeurée à sa garde cruelle :
N'avez-vous point servi sa source criminelle ?
Les méchants vous livrant à toutes leurs fureurs,
Ont-ils soumis vos pas à leurs sombres horreurs ?
Sans force, sans appui, sans rien qui vous soutienne,
Oubliant un moment une ame stoïcienne,
Au plus noir des pouvoirs achetés et vendus,
Vos droits ont-ils trahi mes rigides vertus ?
Puis-je revoir en vous une ame encor romaine ?
Et la mienne peut-elle en être au moins certaine ?

PORCIE.

Dieux! que viens-je d'entendre? ô ciel! de quels soupçons.
Mon époux me dit-il les sinistres raisons?
La fille de Caton, par une tache infâme,
Aurait-elle un moment pu dégrader son ame?
Ah! si des inhumains lâchement réunis
Ont pu se délivrer leurs communs ennemis,
Moi-même en oubliant la fierté d'Aurélie,
Aurais-je pu tromper celle de Servilie?
Hélas! j'ai vu le sang rejaillir sur mes pas,
Et je l'ai vu du moins sans craindre le trépas.
Là, le fils égorgé sur le sein de sa mère,
A pleuré près de moi le meurtre de son père.
Par-tout sans en frémir, Antoine en sa fureur
A fait voir à mes yeux ce spectacle d'horreur.
Mais je l'ai vu, par-tout, sans changer de visage;
Et les bourreaux de Rome en ont frémi de rage.
Hélas! si je n'ai pu craindre pour mon destin,
Pouvez-vous bien douter d'un cœur aussi romain?

BRUTUS.

O Porcie! il suffit: généreuse victime,
Vous n'avez point été la complice du crime;
A ce noble courage, indigne d'un soupçon,
Je reconnois Porcie et le sang de Caton.
Elle n'a point trahi les mânes d'un tel homme,
Et je vois que son cœur est digne encor de Rome.
Mais dans de tels momens, lorsque de trop de maux,
L'on tourmente son ame arrachée au repos,

Au malheur qui nous suit, un espoir moins funeste
Cherche à se soulager du bonheur qui nous reste.
Allez, Porcie, allez en recueillir le prix ;
Allez rendre un moment le calme à vos ennuis :
Votre ame en a besoin. (*Elle sort.*)

SCÈNE V.

LUCIUS, BRUTUS.

LUCIUS.

Brutus, Antoine approche.
Ah ! vous-même à ses yeux exempt de tout reproche,
Oubliez le malheur qui par-tout suit nos pas,
Et de Jule à ses yeux honorons le trépas.
Hélas ! par quel malheur, par quel destin bizarre
Nous faut-il écouter la voix de ce barbare ?
Que va-t-il proposer ? que lui répondrons-nous,
Quand sur Rome les Dieux laissent frapper ses coups ?
Que tout n'est plus, dit-on, aux rivages du Tibre,
Qu'un peuple de brigands qui cesse d'être libre ;
Que la moindre famille, au sein de ses foyers,
Attend ou le trépas, ou d'horribles bûchers ;
Que ces momens toujours que le malheur accable,
Ont rendu de nos champs chaque rive coupable ;
Que nos pas abordés en ces sauvages lieux,
Sont les crimes du sort, et la honte des Dieux ?...
Malgré ce comble encor d'horreur et de misère,

Antoine qui paraît fléchir son caractère,
A de nouveaux secrets qu'il veut vous révéler,
Et semble cependant nous les dissimuler.

BRUTUS.

Et qui peut donc hâter le motif qui le presse;
Il ne montre que trop le soin qui l'intéresse.

LUCIUS.

A vous entretenir ne pouvant trop tarder,
Du délai le plus long il paraît se garder.
Il ne peut ralentir le soin qui le tourmente,
Sa fureur à nos yeux à chaque pas augmente;
Et le front menaçant, paraissant s'égarer,
C'est à vous seul qu'il veut parler, sans différer.
Nos légions en vain ont menacé sa tête:
Il vient; je vous quitte.

SCENE VI.

ANTOINE, BRUTUS.

ANTOINE.

Oui, cruel, rien ne m'arrête:
Malgré les ennemis qui s'arment contre moi,
Un moment j'ai voulu m'expliquer avec toi.
Dans mes déréglemens je te parais extrême.
Je le suis, j'en conviens, mais c'est ma loi suprême.

Après tant de malheurs et de division,
D'horreurs, d'excès, l'appas de trop d'ambition,
Toi même à mes raisons voudras-tu bien te rendre,
Et pourrai-je....

BRUTUS.

Parle, oui, je suis prêt à t'entendre.

ANTOINE.

Je ne te peindrai point tous les maux qu'au sénat
A causé de ta main l'indigne assassinat.
Je ne te peindrai point la suite de ton crime,
Qui nous fit moissonner victime sur victime;
Où comme au tems jadis de Sylla, Marius,
Plus justement vengé du tems de Junius.
Sous les coups inhumains d'exécrables cohortes,
Tant de sang ruissela sous nos coupables portes.
Ressouvenir affreux qui déchire mon cœur,
Assemblage inoui de haine et de fureur,
Dont Sylla, Marius, par leurs crimes atroces,
Nous ont donné l'exemple en nous rendant féroces.
Ecartons loin de nous ces momens furieux,
Dont nous devons cacher les récits odieux;
Sans rien approfondir en ce moment de crise,
Je songe bien plutôt à ce qui nous divise.
Non, sans trouble, sans peine et sans émotion,
Pensant aux intérêts de chaque nation,
A la patrie, au monde, en un mot à la terre,
A Rome, à sa puissance, à celle qui t'est chère,
Je dois en peu de mots m'expliquer avec toi.

Brutus, sans différer, il faut se rendre à moi,
Si tu ne crains bientôt que ton sang en victime....

B R U T U S.

Qu'entends-je ? juste ciel ! qui te donne....

A N T O I N E.

Ton crime.

B R U T U S.

Barbare !

A N T O I N E.

Je connois sans doute tes vertus,
Ton courage, ton cœur, et ton ame, Brutus ;
Mais enfin....

B R U T U S.

Traître, encor qu'épargne mon courage,
Oses-tu bien venir me faire un tel outrage ?
Oses-tu bien encore en offenser mon cœur ?
Ne crains-tu pas qu'un mot, pour punir ta fureur,
Sans nul autre recours, ne fasse sur toi-même
Ce qu'ose encore ici ta barbarie extrême ?

A N T O I N E.

En voyant dans Brutus ce fiel et ce levain,
Je ne reconnais point un sénateur romain.

B R U T U S.

Eh bien, lorsqu'en ce camp j'ai le droit de paraître
Ce qu'au milieu du tien toi-même tu peux être,

Me montrant tant d'audace, enfin qu'exiges-tu ?
Tu parles de courage, ainsi que de vertu,
Et tu me connais bien ; j'ai l'ame stoïcienne.
Ce courage est mon cœur ; et ma force est la mienne.
Joignant la fourbe à l'art, du rang de sénateur
Tu dis que je m'abaisse, ou bien qu'en destructeur
J'ai la voix d'un tyran ou d'un monstre barbare.
Je ne le fus jamais : c'est toi qu'un crime égare ;
Songe à d'autres moyens qu'à ton seul intérêt.
Toujours l'appas de l'or causa plus d'un forfait :
Laisse ce vil moyen, exécrable défense,
Barbare, c'est ainsi que l'honnête homme pense :
Vois plutôt les Romains tous s'entre-déchirer,
Renverser toutes lois pour s'entre-dévorer,
Donner une autre face à toute l'Italie,
Faire un Dieu de l'horreur et de la barbarie,
Détruire les vertus, exalter l'attentat,
Faire une loi du meurtre et de l'assassinat,
Aux fureurs des enfers disputer leurs victimes,
Et transformer la terre en repaire de crimes.
Dans toi descends un peu, vois Antoine à cela,
Les rigoureuses lois que fit Publicola ;
J'en accomplis l'arrêt, quand j'immolai l'audace ;
Leurs volontés depuis ont bien changé de face.
Ces lois disaient alors par un trait déchirant,
Qu'il fallait immoler tout horrible tyran.
Ce point terrible était rigoureux, sanguinaire ;
Mais à nous, et pour nous, l'acte était salutaire.
Pour Rome, j'ai suivi cet acte violent,
S'il est aux yeux du monde un forfait apparent ;

J'ai pu sacrifier vertu, philosophie,
Tout jusqu'à la pitié, pour sauver ma patrie.
Contraint à devenir un farouche inhumain,
C'est dire ce qu'a fait ma trop sanglante main :
Immoler son semblable est, j'en conviens, un crime.
Mais quand la loi prononce, est-elle illégitime ?
Un horrible assassin au trépas condamné,
Par la loi n'est-il pas à la mort entraîné ?
En opposant au crime un acte aussi terrible,
C'est, dictant ce dernier, le rendre moins horrible.
S'il est juste, tu vois que ce trait de rigueur
Est ce dont l'honnête homme affermit le bonheur.
S'il avait d'autre but que ce bien désirable,
Il serait pour la terre un monstre épouvantable.
Enfin Publicola, pour assurer nos droits,
Au milieu du Sénat fit ses terribles lois,
Pour le bonheur public, pour le bonheur de Rome,
Pour le bonheur du monde et non pour un seul homme.
Il les laissa pour nous dans le Sénat romain.
Hélas ! si j'en armai ma trop sanglante main,
Par ce coup, prévenant de Rome la ruine,
J'ai cru pouvoir du mal détruire la racine.
Pour m'en justifier, à ton cœur outrageant,
Antoine, il me fallait ce détail accablant.
Mais, ici pour m'entendre, où donc est cet Octave ?
S'il n'était jeune encor, tu serais son esclave ;
En politique faux, adroit, dissimulé,
Il te déguise bien le cœur qu'il t'a voilé.
Je ne te trompe point, et je te parle en homme ;
Tu ne m'écoutes pas pour le malheur de Rome :

J'ai dit des vérités, pour toi, pour ton bonheur,
Que tu ne graves point dans le fond de ton cœur.
Eh bien ! je vais cruel, en changeant de langage ....

ANTOINE.

C'est en vain, désormais gardes-en ton courage.
Je viens, moins pour venger le meurtre de César,
Que l'intérêt de Rome auquel nous prenons part.
J'ai mon opinion, je ne puis m'en défendre.
Tu peux m'avoir fléchi, du moins sans me surprendre.
Pour égarer, distraire, et pour dissuader,
Tromper, tendre à son but, enfin persuader,
Je sais tous les moyens que l'on met en usage ;
J'en ai fait, tu le sais, un peu l'apprentissage.
Je n'ai plus, à cela, rien à te répéter ;
J'ai resté trop long-tems, sans doute, à t'écouter.
Songe à céder toi-même aux volontés d'Octave,
Et cesse d'outrager Antoine qui te brave.
Je cours à Cassius, moi-même je vais voir
Qui de nous deux encore aura plus de pouvoir,
Soit du sang de César, dont j'ai pris la défense,
Soit de ton sort, du mien, où soit de ma puissance ;
Tu l'apprendras peut-être au risque de tes jours.
Je te le dis encore, oui, j'y vole, j'y cours ;
Je n'ai point un moment voulu t'en faire accroire,
Flatte encor ton erreur, berce une fausse gloire.
J'y vole, et je te laisse.

BRUTUS.

Ah j'y cours avec toi ;
Et je vais voir, cruel, quelle odieuse loi. ..

2

Mais que vois-je ? Tu fuis. Quélle adresse ennemie
Avec art m'a montré toute ta perfidie ?
A peine je t'entends, que tes pas aussitôt...
De toi, comme des tiens est-ce quelque complot ?
Où viens-tu pour tramer quelque ruse d'Octave ?
Ah ! je vais le savoir. Et quelle indigne entrave
Ici t'a pu conduire un moment malgré moi ?
Et toi-même bientôt... Mais qu'est-ce que je voi ?

SCENE VII.

BRUTUS, PORCIE.

BRUTUS.

Est-ce vous, qui déja revenez , ô Porcie ?
De quel trouble mortel paraissez-vous saisie ?

PORCIE.

Brutus, je vous quittais à peine , un doux sommeil
Avait pris dans mon cœur la place du réveil ,
Qu'un présage cruel s'empare de moi-même.
Je me sens tourmenter d'une douleur extrême ;
Et le ressouvenir d'évènemens passés
Vient se représenter à mes esprits glacés,
Et je vois pour phantôme un citoyen farouche ,
S'animer d'un courroux qu'aucun regret ne touche,
Par un discours pour lui, qu'il rend plus véhément,
Je l'entends aux Romains se montrer éloquent.
Rien ne peut arrêter son barbare courage.

Le courroux dans son cœur, qu'il arme d'un outrage,
En trompant les Romains de sa sombre fureur,
Cherche à vous écraser des traits de la noirceur.
Je vois les uns soudain, s'arracher le visage,
Les autres condamner votre vertu sauvage ;
Vous voyant poursuivi jusques à mon réveil,
Le reste vient tirer le rideau du sommeil.

BRUTUS.

Epouse de Brutus, bannissez de vous-même
Les sinistres effets de ce fatal emblême.
De tels signes ne sont qu'un souvenir trompeur
Offert à notre esprit par un moment d'erreur.

PORCIE.

N'importe, votre épouse encore s'en accable :
Souvent, quoiqu'innocents, le sort nous rend coupable.
Ah ! si vous m'en croyez, vous-même, ô mon époux !
D'Antoine pour jamais oublions le courroux.
Allons cacher nos maux dans quelque nuit profonde,
Ignorée aux Romains comme au reste du monde.

BRUTUS.

O fille de Caton, qu'osez-vous oublier ?
La vertu de Brutus...

PORCIE.

On a pu la souiller.

BRUTUS.

Que dites-vous ? ô ciel! Est-ce bien vous, Porcie ?

N'êtes-vous plus le sang de la fière Aurélie ?
Et le vois-je ? Est-ce vous ; par ce trouble cruel ,
Qui croyez qu'un moment mon cœur soit criminel ?
Reprenez , reprenez cette sublime envie
Dont votre ame tantôt était si fort ravie ;
Et s'il le faut , mourons , mais dignes d'un tel sort ,
Que Rome en l'apprenant pleurera notre mort ;
Et bannissant de vous ce déplaisir extrême ,
Ayez des sentimens plus dignes de vous-même.
Allez , je songe à vaincre et non pas à périr ;
Et quand il sera tems vous me verrez mourir.
Sachez pour un moment soulager tant de peine ,
Un péril qui n'est plus , n'est qu'une image vaine.
Quand le sort nous menace , et vient pour nous tromper ,
Il faut nous y soumettre , et le laisser frapper.
Il suffit ; à mes yeux , épargnez , ô Porcie !
Ce déplaisir cruel dont je vous vois saisie.

PORCIE.

Ah ! vous me rassurez en montrant tant de cœur ,
Contre de tels bourreaux dont je craignais l'horreur.
A votre seule vue , ils trembleront sans doute ,
Et c'est ce que la leur appréhende et redoute ;
La terreur à vos pas fait marcher l'équité ,
Et non les traits du crime et de l'iniquité.
De Brutus on connaît la fermeté stoïque ;
D'Octave elle craint peu la lâche politique ;
O mon époux ! je vais par moins d'accablement ,
Demander aux destins quelque soulagement ,
Et pour ne point des cieux outrager la clémence ,

De leurs bontés pour nous implorer la défense.

(*Elle sort.*)

SCÈNE VIII.

BRUTUS, CASSIUS.

CASSIUS.

BRUTUS, un soin vers vous précipite mes pas,
Je n'ai tardé que trop à ne le céler pas.
Par moi, de Cassius, sachez que l'on conspire.
Un de vos lieutenans, puisqu'il faut vous le dire,
Prend le parti d'Antoine.

BRUTUS.

Et ce traître odieux
Malgré nous, malgré Rome, en lâche factieux....

CASSIUS.

Ose en suivant nos pas, et sans craindre de l'être....

BRUTUS.

Et Cassius soudain n'a pas puni ce traître.
Ah ! sans plus nous fléchir il le faut immoler.

CASSIUS.

Plutôt avec adresse il faut le rappeler ;
Trop de sévérité mène à la barbarie.

BRUTUS.

Trop de ménagement porte à la perfidie.

CASSIUS.

Hélas ! il faut savoir s'il nous trompe en effet.

2 *

BRUTUS.

Il est coupable au moins , s'il n'a point de regret.

CASSIUS.

Brutus , il est souvent quelque cas graciable..

BRUTUS.

J'en conviens... mais jamais quand un traître est coupable.
Dieux! quelle est votre erreur? Quoi, quand je me rendis
Des plaines de l'Elée aux rives de Sardis ,
De délivrer leur port fut un faible service.
Par-tout où je passai je punis l'injustice.,
Athènes me reçut en m'offrant ses trésors.

CASSIUS.

O Brutus , je le sais.

BRUTUS.

Je presai ses efforts.
Je sus punir Caïus. L'Ionie et l'Asie
Se rendirent soudain à mon ame ravie.
En cherchant Cassius , ma sombre austérité
Laissa par-tout des traits de ma sécurité.
Je livrai loin de Rome , au tranchant de l'épée ,
Le dernier assassin de l'illustre Pompée.
L'Egypte, à mon abord , fut un faible rempart
Où je me rappelai l'audace de César.
Si je n'eus pas suivi pour base ce principe ,
Vous aurais-je rejoint dans les champs de Philippe.
Non , l'austère vertu , dont je fais vanité ,
Ne souffre point ce faible avec ma fermeté.

Je n'use point sur vous d'un pouvoir arbitraire,
Mais le traître épargné reprend son caractère.

CASSIUS.

Eh bien, Brutus, décide, il doit être écouté.
J'observe en ce moment l'arrêt qu'il a dicté.
L'intérêt du Sénat, Rome, son cœur l'ordonnent,
Et Cassius se rend aux raisons qui les donnent.
Punissons, s'il le faut, l'esprit d'un factieux,
Mais tâchons d'en calmer le bruit séditieux.
Antoine est dans le camp ; il faut encor l'entendre,
Pour ne point trop risquer, ne point trop entreprendre.
Lui-même encor diffère et semble regretter
Ce qu'il n'a qu'avec peine osé nous répéter.
Antoine a des vertus, et son ame farouche
Peut plaindre des Romains le destin qui le touche ;
Même à nos soins pressans, plusieurs Romains rendus,
Dont les jours généreux ne se sont point vendus,
Par des proscriptions échappés au carnage,
Sont au camp, laissant Rome au plus affreux pillage.
Oppius, Messala........

BRUTUS.

Ciel! qu'entends-je, Oppius...

CASSIUS.

Pour Rome, les Romains, vous-même et Cassius,
Il faut tout ménager ; ainsi je l'imagine.

BRUTUS.

Dieux, à l'entendre encore, un ami me destine.
Et c'est de Cassius le dernier sentiment.
La vertu de Brutus est sans ressentiment.
De nouveau secondé d'une ame plus certaine,
Il n'est rien qu'avec vous la mienne n'entreprenne.
Votre cœur est en tout digne de ses vertus.
Les suffrages du camp ne lui sont point vendus.
L'indigne iniquité, la barbarie atroce,
La détestable horreur d'un cœur le plus féroce,
Et la cupidité, ce vil appas de l'or,
Sous leurs traits odieux n'y règnent point encor.
Dans ces lieux transformés en d'horribles arênes,
Marchons-y, brave ami, près des débris d'Athènes ;
Et préférant sur-tout l'Italie et ses lois,
Aux horreurs de César, à ses soldats gaulois,
Sachons-y les complots que la brigue y fait naître ;
Et courant y punir jusques au moindre traître,
Que la sérénité succède à nos desseins,
Et Cassius sera le plus grand des Romains.

Fin du premier Acte.

ACTE II.

SCENE PREMIERE.

BRUTUS, OPPIUS, MESSALA,
Soldats romains, du parti d'Oppius et de Messala.

OPPIUS.

Vous le voyez, Brutus, nous arrivons de Rome,
De Rome trop témoin du destin d'un seul homme.
Justes Dieux, que de maux n'avons-nous pas soufferts
Pour pouvoir échapper à nos indignes fers.
Ayant enfin rejoint Brutus en Macédoine,
Lui peindrai-je les coups et d'Octave et d'Antoine ?
Oui, qu'il sache par nous, combien dans ses foyers
Le Capitole a vu s'élever de bûchers.
A peine aviez-vous fui les rivages du Tibre,
Laissant dans son malheur, quoiqu'aux fers, Rome libre,
Qu'aussitôt respirant le carnage et l'horreur,
Tout Romain ne met plus de terme à sa fureur,
Et qu'à l'instant l'on voit, pour assouvir leur rage,
De lâches ennemis livrer Rome au pillage.
Tout ce que peut produire un aspect odieux,
S'exerce, sans rougir, à la face des Dieux :
Sans sentir de douleur au fond de ses entrailles,
Tout Romain dans ses flancs cherche ses funérailles.

Assassinals, tourmens, crimes, forfaits, fureurs,
Donnent un nouveau charme à ce comble d'horreur.
Là, le frère expirant sur le corps de son frère,
Voit rouler à ses pieds la tête de son père ;
L'un dispute sa vie, et l'autre à l'assassin
Vend bien cher son trépas et périt en Romain.
Un esclave à son maître ayant sauvé la vie,
De l'assassin lui-même éprouve la furie.
Celui qui veut défendre un ami qu'il chérit,
En vain s'échappe au meurtre, et lui-même périt.
Tout à nos yeux par-tout n'étale qu'une image
Qui fait frémir de honte et frissonner de rage ;
Et pour comble de maux, un effroyable écrit
Découvre à chaque pas la tête d'un proscrit.
Octave pour Antoine, Antoine pour Octave,
A ce comble de maux ne mettant nulle entrave,
Pour leurs secrets desseins, d'intérêts réunis,
Se livrent tout-à-tour leurs communs ennemis.
Le premier, sans pitié, dans les bras de sa mère,
Impitoyablement veut égorger son frère.
L'astre du jour fuyant, témoin de ces fureurs,
Semble se refuser encore à tant d'horreurs.
Et Cicéron bientôt, ce romain trop célèbre,
Scèle ce jour de sang de sa pompe funèbre ;
Indignement trahi par un lâche assassin,
Il tombe sous les coups de ce monstre inhumain,
Du plus vil scélérat qu'ait enfanté la terre ;
Qui lui devait la vie, et dont sa bonté chère,
En lui d'un parricide oubliant les fureurs,
Avait pu délivrer de la main des licteurs.

Le bruit de son trépas est bientôt su dans Rome ;
Antoine se repait du sang de ce grand homme,
Et fait en plein Sénat, à la face des Dieux,
Sans craindre le courroux de la terre et des cieux,
Exposer de son corps privé de la lumière,
Les restes mutilés gissans sur la poussière,
Où l'indigne Fulvie, examinant un front
Qui soutint quarante ans la gloire de son nom,
De ses jours chez les morts insulte encor la trame
Avec un instrument bien digne de son ame.
Ainsi vous nous voyez loin de monstres cruels,
Porter jusques ici des pas moins criminels,
Vous chercher pour vous joindre aux champs de Macédoine,
Et quitter pour jamais Octave comme Antoine.

MESSALA.

Et c'est assez vous dire, avec de tels destins,
Combien vous revoyez en nous de vrais Romains.
C'est ce que nous devions au plutôt vous apprendre
Trop heureux du moment de vous le faire entendre.
Ayant vu ces travaux qu'aux rives de la mer,
En bravant l'inclémence et du tems et de l'air ;
Oppose Cassius à l'apprêt du carnage,
La peine du travail, et l'effort du courage,
Sans réponse à vos soins, sans réplique de vous,
Sans vous en demander, prêts à frapper nos coups ;
Vu ce hardi travail que l'art a pu construire,
Qu'Antoine dans son camp avec surprise admire ;
Prêt peut-être à céder dans le fond de son cœur,
A ces débats affreux qui font frémir d'horreur ;

Vu ces cruels instans qui nous forcent aux crimes ;
Pour n'en pas devenir les premières victimes,
Ne pouvant même ouïr de vous les moindres mots,
Qui de momens perdus calmeraient peu les maux.
Au camp de Cassius nous hâtons de nous rendre,
Pour lui dire à quel soin Rome vient de se vendre.

(*Ils sortent.*)

BRUTUS *seul, comme ils sortent.*

O Romains ! à mes yeux dignes de l'être encor,
Hélas ! pour nos destins, quel généreux effort
Ou pour Rome plutôt quelle infortune libre
Vous éloigna des bords des rivages du Tibre,
Et sur un sol couvert, de lugubres rameaux,
Du gouffre de Caribbe approchant pour nos maux,
Vous a fait aborder aux champs de Thessalie ?
Et fuyant pour jamais les bourreaux d'Italie....
Mais ciel ! que vois-je encor ? quel barbare en fureur,
Vient ici pour combler quelque nouvelle horreur ?

S C È N E   I I I.

B R U T U S, A N T O I N E.

B R U T U S.

ANTOINE est-ce bien toi ? que reviens-tu me dire ?
Dans le fond de mon cœur n'as-tu déjà su lire ?
Ici que n'étais-tu sur l'heure à des récits ,
Que des cœurs victimés t'eussent fait plus précis.
Enfin , viens-tu de Rome embrasser la défense ?
As-tu commis depuis ce soin à la clémence ?
Ou pour mieux dire , Antoine , as-tu fléchi ton cœur ?
Tu n'es pas né méchant, abjure ta fureur.
Si des coups du destin ton ame est attendrie ,
Rends un bien que du moins tu dois à ta patrie.

A N T O I N E.

Pour un pareil motif , tu me revois , Brutus ,
J'admire ton courage ainsi que tes vertus.
Où l'aveugle destin nous trompe et nous déjoue ,
Avec sincérité ma bouche te l'avoue ;
Oui , j'apprécie en toi ce bien pour ton pays....

B R U T U S.

Et t'opposant toujours à tant de soins trahis ,

Est-ce à toi d'admirer ce que ton cœur outrage ?
Et dois-tu seulement parler de mon courage ?

ANTOINE.

J'en conviens , il est vrai , mais ta sécurité
A passé de Caton la dure austérité.
A force de vertus tu devins un barbare ;
Mais redoute les coups que le sort te prépare.
Si le tems est prescrit que Rome dans les fers
Ne puisse qu'ainsi l'être aux yeux de l'Univers ;
Qu'ayant par-tout acquis le destin de se nuire ,
Son sort soit désormais celui de se détruire ;
Si Sylla , Marius , par d'égales fureurs ,
Portant jusqu'en son sein de pareilles horreurs ,
Ont voulu tour-à-tour qu'on les craigne dans Rome ;
Si l'un fut un barbare , et l'autre moins qu'un homme ,
Tu vois au moins , tu vois que Rome , enfin tout....

BRUTUS.

Non ,

Dis barbare , plutôt dis ton ambition
Qui seule a plongé Rome en d'affreux précipices ,
Et fait de tes vertus un torrent d'injustices.
Le destin de César a-t-il changé ton cœur ?
Jaloux de ses vertus , l'es-tu de son malheur ?
Hélas ! quand j'immolai cette ame peu commune ,
De Rome je ne vis alors que l'infortune.

Ses ennemis , sans doute , au comble du malheur,
Par malignité pure avait porté son cœur.
S'il ne se fût vengé , peut-être qu'en victime
Il eût tombé lui-même accablé sous le crime.
Et j'ai pu sans pitié le livrer au trépas !
Admirons son courage et ne l'imitons pas.
Je craignis peu le coup que l'infortune porte ;
Mais dans moi-même hélas ! Rome fut la plus forte.
Ah ! si ce coup était encore à refrapper ,
Le glaive , de mes mains , pourrait bien échapper.
Pardonne à ma vertu ce crime involontaire ,
De l'ame d'un stoïque et non d'un sanguinaire.
César fut généreux , humain , bon , bienfaisant ,
Montre qu'il te laissa ce titre en périssant.
Ah ! si tu le voulais, pour un ami qui t'aime
Tes sentimens seraient plus dignes de toi-même.
Pour sauver les Romains qu'un malheur a perdus ,
Vois presque à tes genoux l'inflexible Brutus,
Lui-même en suppliant , oui , lui qui te conjure.
L'homme défend ses droits quand il souffre une injure.
Ce n'est point un esclave accablé de ses fers ,
C'est Brutus qui te parle au nom de l'Univers.
Au nom de ses vertus n'envahis point , Antoine ,
Du dernier des Romains le moindre patrimoine....
En opposant Pompée aux armes de César ,
Le Sénat se trompa , l'erreur fut du hasard.
L'un par rivalité , l'autre sans être traître ,
Ne voulut point d'égal , et l'autre point de maître.

Crimes , forfaits , soupçons , craintes, succès douteux ;
Orgueil , ambition , peines , revers honteux ,
Aux vices des états causent souvent , suscitent
D'exécrables horreurs dont leurs monstres profitent.
César est mort ; pleurons un si triste trépas ;
Révérant ses vertus ne les dégradons pas ;
Et reformant dans toi tes vertus sur la sienne ,
Antoine , ne fais pas qu'à sa mort , à la tienne ,
L'Univers plaigne un jour ces Romains si fameux
D'avoir aussi mal su se pardonner entr'eux.
Si César eût changé , si pour lors sa grande ame
De tromper son pays n'eût point brigué la trame ,
Son ami le plus cher m'aurait vu l'admirer ,
L'élever jusqu'aux cieux , le plaindre et le pleurer ;
Mais condamner en lui cette audace hautaine
Dont Sylla , le fléau de la pourpre romaine ,
Son bourreau , son tyran , son vainqueur inoui ,
Dédaignant de s'armer , n'osa prendre pour lui ;
Ce barbare lui , qui fut bas dans sa politique ,
Qui profitant des biens d'une flamme impudique ,
Plus pour d'infâmes droits que par pur équité ,
Sous ses pieds les foula dans sa cupidité ,
Et nous avilissant , moins par faiblesse extrême
Que par ambition , et par bassesse même ,
Montra ces mêmes droits horriblement trahis ,
Fit de ruisseaux de sang regorger son pays :
De son nom effrayant intimidant la terre ,
Accabla le Sénat des horreurs de la guerre.

Du faîte des grandeurs et du haut de son char,
Voulut, dans sa fureur, même immoler César ;
Et calme dans son lit, tiran adroit, habile,
En abdiquant la poupre enfin mourut tranquile.
Vois les vices par là gangréner les esprits
Et par l'appât de l'or entraînés et séduits.
Ne crois pas ma prière un trait de ma faiblesse.
Brutus rougit, frémit du moment qu'il s'abaisse.
Antoine, oublions tout ; effaçons le passé,
Qu'il n'en soit au Sénat aucun reste tracé.
Et ne voyant que trop à quel point vont nos fautes,
Allons les réparer par des vertus plus hautes.
Hélas ! deviens Romain, crois-moi, c'est le plus sûr,
Imite mon courage et montre un cœur plus pur.

ANTOINE.

Mon ame, en t'écoutant, Brutus s'est attendrie.
Hélas ! j'ai comme toi haï la barbarie ;
Mais mon sort, les destins m'ont fait aimer César,
Et le tems est plus fort que tous les coups de l'art.
Mais toi-même, cruel, pour vertu trop sauvage,
Etait-ce à ta vertu d'immoler son courage ?
Qui t'accablait dans lui ?

BRUTUS.

Le cri des nations.
Tes crimes, ses erreurs et tes rébellions,

Tes vices , ses bontés , ses embûches , ses brigues
Qui nons ont tous plongés dans de basses intrigues ;
Son adroite amitié , son cœur digne de toi ,
Ta vertu sans pudeur , sa jeunesse sans foi ,
Avec l'or des Gaulois , ses trompeuses carresses ,
Ta clémence perfide et ses fausses largesses.
Si tu ne m'en crois pas lorsque j'en reste là ,
Va , cours dans les enfers interroger Silla.

A N T O I N E.

Ah! c'en est trop , toi–même , à sa mort insensible ,
En l'offensant encor tu restes inflexible;
Et les sombres replis de ta sécurité
Ne mettent point de terme à ta sévérité.
Pour la dernière fois , je vais tenter , barbare ,
A vaincre en ses excès une erreur qui t'égare.
De Rome , tu sauras dans peu l'arrrêt dicté ;
Il doit à Cassius , être par moi porté.
J'y vole , et je te quitte.

(Il sort.)

B R U T U S *avec promptitude* , *comme il sort.*

Ah! Brutus t'y dévance ,
Et saura prévenir ta fausse vigilance.
Mais où vais- je , ou m'emporte une vaine terreur ?

M'as-tu voulu tromper? quelle était mon erreur?
Pourra-t-il écouter ta perfide menace?
Tu fuis, est - ce d'Octave une nouvelle audace?
A t'entendre, cruel, mes sens trop obstinés,
De tes raisons sans doute ont été fascinés.
Jaloux de ma vertu, comme de mon courage,
As-tu voulu me faire un si léger outrage?

SCENE III.

BRUTUS, PORCIE.

PORCIE.

Ah! Brutus, c'en est fait, et Rome enfin n'est plus;
Rome à l'or n'a cessé de vendre ses vertus.
A tous ses ennemis elle-même s'immole;
Octave est pour jamais maître du Capitole.
Notre patrie aux mains de ses lâches tyrans,
En s'arrachant le jour, s'est dévoré les flancs.

BRUTUS.

O fille de Caton, un bien lui reste encore,
S'il est un autre espoir que son courage ignore,
Rassurez-vous, Porcie, et rendez à Brutus
Un cœur qui soit toujours digne de ses vertus.
Aux champs Thessaliens règne le Capitole;
C'est-là que tout Romain pour son pays s'immole.
Si votre époux défait y périt près de vous,

3

Portant à des cruels le dernier de ses coups,
O reste de Caton, jurez-vous, ô Porcie!
Au Capitole, à Rome, à Rome, à l'Italie,
D'avoir le cœur en vous assez ferme, assez grand,
Pour pouvoir y verser au moins tout votre sang,
Et de ne point survivre à cette lâche injure?
Le jurez-vous, Porcie?

P O R C I E.

Oui, Brutus, je le jure
Aux yeux du monde entier, aux yeux de l'Univers,
De l'Univers que Rome a plongé dans les fers,
En fille de Caton, digne sang de lui-même,
De servir mon pays et de mourir de même.

B R U T U S.

C'en est assez, Porcie, à tant de fermeté
Je ne m'attendais pas de me voir agité.
Quel image à mon cœur, vient donc d'en apparaître?
Y trouve-t-il des traits qu'il ne peut méconnaître?
O Caton! est-ce toi qui, loin des sombres bords,
Viens t'offrir à mes yeux du rivage des morts?
O vertueux Romain, digne de ton courage,
Que vois-je? des regrets ont souillé ton visage:
Les replis de ton cœur de tout vice ennemis,
Firent, dis-tu, pour toi plus que pour ton pays.
C'est une faute, hélas! dont Rome te fait grace.
Pour elle en toi des ans tu sus fondre la glace.
Cesse du sein des morts à mes sens abattus,
De montrer le tableau de tes dures vertus;

Je n'en ai de ton sang qu'un trop funeste gage :
Puisse le sort n'en pas démentir l'héritage !
Ciel ! l'image , ô Porcie ! échappe à mes transports.

PORCIE.

Pour la rejoindre hélas , quels douloureux efforts
Tiennent mon ame unie à ces tristes vestiges ?
Saisie également de semblables prestiges ,
Quoique mon triste cœur de ses maux tourmenté ,
Semble moins que le vôtre inquiet , agité ,
Cherchant toujours des yeux une pareille image ,
Je n'ai que trop senti ranimer mon courage.
C'est mon sang , je le vois , oui , c'est lui-même , Dieux !
Le malheur , à son âge , a seul fermé des yeux
Où le tems , avec peine , y fixant un outrage ,
Semblait même , à regret , détruire son ouvrage.
Je la crois voir s'enfuir encore aux sombres bords ;
Ah ! je vole , pour vous , la joindre chez les morts ,
L'embrasser ou mourir.   (*Elle sort.*)

SCÈNE IV.
BRUTUS, CASSIUS.
CASSIUS.

Brutus, les deux armées
Des deux côtés bientôt vont se voir animées.
Sous les coups redoublés du bras des Scipions ,
Va ruisseler par-tout le sang des nations.
Nous avons avec nous , et le droit de l'épée ,
Et le sang de Caton , et l'ombre de Pompée ;

Dans Cassius, peut-être, et dans d'autres vertus,
Le courage de Jule et l'ame des Brutus ;
Mais voyant de quels coups nos mains vont être impures
Nous même, il faut au moins consulter les augures.

BRUTUS.

Ami, que craignez-vous?

CASSIUS.

Ah ! soit foiblesse ou non,
Je crains, je vous l'avoue, une désertion.

BRUTUS.

Si parmi nous, ô dieux ! étaient de tels perfides,
Repoussant aussitôt leurs complots homicides. . . .

CASSIUS.

De semblables efforts déjà contre César
Ont mal servi Pompée, et fui loin de son char.

BRUTUS.

Ah ! c'est sa seule faute : était-ce à sa prudence
D'avoir si peu de cœur pour Rome et sa défense ?
César eut avec lui de farouches soldats :
Il aurait dû prévoir ce destin des états,
Voir tout, ordonner tout, et remettre au carnage
Des pas mal assurés qui manquaient de courage.
Nos destins par l'Asie ayant été remplis,
Il n'eût point manqué d'art en servant son pays.

CASSIUS.

Sans doute ; et comme nous, pour forces héroïques,
Il eut un camp nombreux de fiers asiatiques.

Mais comme lui, vous-même observez dans quel sang
Nous allons vous et moi nous baigner à l'instant.
Cruels contre cruels, sur des traces bien chères,
Hélas! vont s'abreuver dans le sang de leurs frères!
Et rencontrant par-tout, père, époux, frère, ami,
Ne vont pas, les frappant, s'en venger à demi.
Un père sur son fils levant sa main cruelle,
Va pleurer pour jamais sa fureur criminelle.
Ah! je crois déja voir ce moment inhumain.

BRUTUS.

Je le vois comme vous, mais le veut le destin.
Je révère les dieux, on leur doit un hommage;
Ce devoir d'un Romain enflamme mon courage:
Mais quand je vais braver et combattre le sort,
J'invoque alors les dieux, et je cours à la mort.
Quoi donc, ayant franchi des lieux impraticables,
Sur le faîte escarpé de monts impénétrables
Même aux rayons du jour, comme aux oiseaux du ciel,
Cassius déja montre un trouble si cruel!
Qui trahit son pays, trop indigne de vivre,
Mérite qu'à la mort sans pitié l'on le livre.
Oui, frappons, immolons tout Romain à demi,
Puisqu'il outrage Rome, il en est l'ennemi.
Je pleure tant de sang, mais le destin l'ordonne;
Est-ce à nous de braver les faveurs qu'il nous donne?
O que si tout mortel, de son sort plus certain
Par ce coup intrépide eût comblé son destin,
Peut-être, Cassius, qu'à l'exemple de Rome,
Tout cruel sans pitié redevenant un homme,

Eût tremblé se voyant au carnage animé,
Et frémi d'être un monstre au meurtre accoutumé !
Ah ! frappons, immolons toute ame criminelle ;
La vertu juste enfin peut-elle être cruelle ?
Un cœur est toujours pur quand il est généreux.
Le brave est téméraire où le lâche est affreux :
Oui, frappons, immolons en répandant des larmes ;
Hélas ! que tout Romain, dans ce moment d'alarmes,
Recouvre en frémissant à cet aspect nouveau,
Un Dieu consolateur en place d'un bourreau.
Si j'eus du sang d'Antoine humecté l'Italie,
Cassius, me verrais-je aux champs de Thessalie ?
Cependant votre cœur me montrant malgré lui
Ce silence où je vois qu'il reste enseveli,
Semble encore à mes yeux, quel que soit son courage,
Vouloir des lois du sort approfondir l'outrage,
C'est aux meilleurs conseils d'être toujours suivis ;
Il le veut, je me rends à de pareils avis.
Allons ouir le sort, et parler au présage.
Interroger les dieux, c'est en chérir l'image.
Et de Rome en ce jour courant briser les fers,
Délivrons les Romains et vengeons l'Univers.

Fin du second Acte.

ACTE III.

SCÈNE PREMIÈRE.
PORCIE, *seule.*

Dieux! quel trouble nouveau vient m'accabler encore,
Le jour commence à peine annoncé par l'aurore ;
Et la pourpre romaine au camp des généraux,
Sur leur tête élevée assemble les bourreaux.
Les amis de Brutus se joignent dans l'armée.
O Dieux! c'est le signal dont je reste alarmée.
Ah! n'ai-je pas toujours la même fermeté?
Elle est digne, Brutus, de ta sévérité.
Mais ciel! qui vient m'offrir une image fatale
De tes tristes efforts dans les champs de Pharsale?
Toi-même y combattis en y sacrifiant
Jusqu'au pénible excès de ton ressentiment.
Ton père était péri sous les coups de Pompée ;
Et du sort des Romains ton ame plus frappée,
L'envisagea bien plus que les coups du hasard.
Pompée infortuné fut vaincu par César,
Et Caton, s'immolant dans sa dure infortune,
Hélas! en fit trop voir une ame peu commune.
Brutus alors blâma cet excès d'un Romain
Qui n'eût pas dû subir un si lâche destin ;
Et son ame soudain d'un sentiment contraire,
Voit que l'on peut, sans craindre un astre tutélaire,
S'immoler quand le sort en a marqué l'instant,
Et punir un destin qui si mal nous défend.

3 ⋆

Lui-même a pu le dire à mon trouble coupable,
Et j'en frissone encor dans l'effroi qui m'accable.
Dieux ! que vois-je ? Quels pas à moi viennent s'offrir ?
Ah ! je cours, mon époux, te rejoindre ou mourir.
Je n'aperçois que trop, à ma douleur profonde,
Que c'est ton parti seul qui déjà te seconde.
Je vole à cet instant où les arrêts du sort
T'engagent sur le meurtre, et le sang et la mort.

(*Elle sort.*)

SCÈNE II.

MESSALA, OPPIUS, *épées nues.*

OPPIUS.

Enfin donc, Messala, les champs de Macédoine
Vont décider ce jour des Romains et d'Antoine.
Le camp des généraux, d'une pareille ardeur,
Montre de tous côtés une juste fureur.
Aux efforts de Brutus, ami, rien ne résiste.
A joindre Cassius, Antoine encor persiste.
Rien ne peut arrêter dans ce moment affreux
Ce carnage qui semble ordonné par les dieux.
Entendons-nous le choc des légions romaines,
Qui se mêle aux échos de voûtes souterraines ?
Quels efforts inouis pour nos divisions
Font ruisseler par-tout le sang des nations !
J'entends plus d'un Romain dont le ferme courage
Voit venir, sans frémir, la mort qu'il envisage.
Heureux celui qui peut pour son pays mourir ;
Plus grand encor celui qui pense le servir.

Qui l'aurait dit, un jour que Rome en ses entrailles
Eût fait de son sein même un lieu de funérailles.
En voyant accomplir ces momens pleins d'horreur,
Je sens tout comme vous, trembler, frémir mon cœur.
La mort dans les deux camps d'une fureur égale,
S'y signale encor plus qu'aux plaines de Pharsale.
La mort par-tout, ô dieux ! de ses livides mains
Fait périr sous la faulx des milliers de Romains.
Son abord effrayant m'arrête, m'intimide,
Notre aspect plus long-tems ici serait perfide ;
C'est trop tarder, courons, à ces coups trop certains,
Nous joindre à Cassius ou finir nos destins.

MESSALA.

Il est vrai, cher ami, le tems presse sans doute,
Et nous ne pouvons plus rallentir ce qu'il coute ;
Mais avant l'heure encor de ces sanglans momens,
Qui même aux deux partis n'offrent que des tourmens ;
Qui font trembler le ciel, intimide la terre,
Je crois qu'il faut au moins par prudence de guerre
Savoir que fait Octave, il est trompeur et faux ;
Il s'assure d'Antoine et déguise nos maux.
Nous rejoindrons Brutus ou Cassius lui-même,
Qui, quoiqu'homme de guerre en ce moment extrême,
Y peut faire une faute en ne secondant pas,
Un ami qui déjà triomphe sur ses pas.
Octave redoutant qu'Antoine le secoure,
N'employe que la fraude et non pas la bavoure ;
Peu digne de César il n'en a pas le cœur,
Il cherche avec dépit, à nous vaincre de peur.

Nous entendons les cris du soldat au carnage,
De deux braves amis c'est le digne courage :
Sans plus tarder courons . . . . , trop différer serait
Pour Cassius, Brutus, un terrible regret.

                         (*Ils sortent.*)

SCÈNE III.

BRUTUS, *Soldats romains de son parti.*
BRUTUS, *l'épée nue.*

Oui, c'en est fait, Romains, Rome n'est plus esclave,
Et ma main de ses fers vient de briser l'entrave.
Rome l'unique objet de mes faibles vertus,
Rome l'un des grands biens à moi-même rendus....
Inhumain, assassin, son ennemi dans l'ame,
Est-il quelqu'un de vous qui par un trait infâme,
Oserait regretter dans ce terrible instant,
Pour sauver son pays, d'avoir versé son sang?
Pour les plus dignes droits et pour Rome trahie,
Pour lui, ses biens, son sort, pour tout, pour sa patrie...
Non je ne puis le croire, et ce trait odieux,
Offenserait trop Rome, et la terre et les cieux.
La vertu fut toujours la ressource du monde ;
Quand le calme renaît, l'espérance la fonde.
Et le bonheur.... Mais dieux! à ce digne transport,
Pourquoi moi-même, ô ciel! m'intimidé-je encor?
Couvert, souillé de meurtre aux champs de Thessalie,
J'ai vaincu, terrassé les tigres d'Italie.
Hélas! nous triomphons ; je l'emporte par-tout ;
Et pour vous, ô Romains ! je ne sais tout-à-coup

Quelle réflexion, comme en un cœur coupable,
Me captive, me trouble, et m'agite et m'accable ?
Eh quoi, toujours du sang et toujours de l'horreur ?
Et j'entends ma vertu, qu'abat tant de fureur,
Me dire pourquoi l'homme en son destin bizarre
Forcé, dans son malheur, à devenir barbare,
Livre-t-il son semblable aux fureurs de la mort,
Et s'en prend-il après aux caprices du sort ?
Alors qu'il vaudrait mieux qu'une paix éternelle
Eût rendu sa présence un peu plus immortelle.
Telles réflexions m'accablent de douleur,
Je ne sais, en croyant à ces traits moins d'horreur,
Quel soupçon inquiet.... quel funeste présage
M'arrête, m'interdit et glace mon courage.
Hélas ! je n'ai point vu le brave Cassius
Revenir sur des pas que suivait Lucius.
Que peut-il faire, ô dieux ! dans ce moment extrême ?
Vainqueur, triomphe t-il, ou Rome ou bien lui-même ?...
O ciel ! moi-même, ô ciel ! puis-je m'en étonner,
Est-ce bien toi, Brutus ? Un Romain frissonner !
Quoi ! quand tu crois encor servir tout.... ta patrie,
Ton ame d'un regret peut demeurer saisie ?
A quel déchirement restes-tu donc livré,
Et de quel trouble affreux es-tu donc pénétré !

SCÈNE IV.

LUCIUS, BRUTUS, *Soldats romains de son parti.*

BRUTUS.

EST-CE vous, Lucius? ô ciel, que fait Antoine?
J'ai vaincu ce barbare aux champs de Macédoine;
Pour Rome j'ai donné ce jour un sûr garant....
Mais quel air abattu! Dieux! quel trait déchirant?....

LUCIUS.

Qu'en peu de tems, le sort souvent changeant de face,
A son barbare gré nous juge ou nous fait grace.

BRUTUS.

Ciel! que veut dire.....

LUCIUS.

　　　　　Hélas! le plus grand des malheurs.
Préparez-vous, ô dieux! à de funestes pleurs.
Digne de Rome encore, et digne de vous-même,
Songez à vous tirer de ce péril extrême.
Autrement que les Cieux ont jugé les enfers,
J'étais loin de m'attendre à ce sanglant revers.
L'audace du plus fort sur le crime se fonde,
Vous le dirai-je hélas! pour l'empire du monde?
Dans ce même moment vos soins sont superflus:
Cassius est défait, et Cassius n'est plus.

BRUTUS.

Cassius!

L U C I U S.

Oui , du sort tel est le dur outrage ,
Que pour Rome , ce jour , est péri son courage.
O que les dieux , souvent par de semblables coups ,
Se plaisent à cacher leurs terribles courroux !
O ciel ! ayez en vous toute la force d'ame ,
Pour apprendre du sort la plus funeste trame.
Voyant que tout cédait à des coups plus certains ,
Cassius s'opposait aux restes des Romains ;
Il observait Antoine , et redoutant le reste ,
Il craignait pour vous-même un destin plus funeste ;
Il attend , mais trop tard , un pareil ennemi ,
Ignorant contre vous qu'Antoine avait failli ;
En tenant dans ses mains même une aigle romaine ,
On le voit s'animer d'une ame plus qu'humaine ,
Et plus ferme et plus grand il paraît à nos yeux
Partager les destins et combattre les dieux.
Il fait de rang en rang à ces marques certaines ,
Redoubler les efforts des phalanges romaines ;
Mais voyant à l'instant deux de vos légions
S'avancer jusqu'à lui par des sentiers profonds ,
Il pense que Brutus défait en Macédoine ,
Laisse Rome vaincue entre les mains d'Antoine.
Ah ! c'en est fait , dit-il , ô Romains pour moi chers ,
Brutus défait , fuit , cède et laisse Rome aux fers :
Il ne m'appartient plus après ce coup de vivre.
Lui-même , ô ciel ! succombe et va bientôt me suivre.
Et soudain ordonnant qu'on l'immole à nos yeux....
Un esclave frémit à cet ordre odieux.

Il charge de nouveau son affranchi Pindare....
Mais il ne peut porter un coup aussi barbare.
Quoi, lui dit-il soudain, tu trembles de servir
Un Romain que le sort a bien osé trahir.
Frappe, Rome a bien pu tourner ses coups contre elle.
J'ai trop vécu, perdant l'ami le plus fidèle.
Hélas ! ne tarde point, frappe, immole un Romain
Qui mérite du moins de périr de ta main.
Mais voyant différer un coup aussi funeste....
Lui-même en ce moment dans l'espoir qui lui reste,
En faisant, malgré nous, un généreux effort,
Sépare de son cœur le reste de son corp (*);
Et d'un Romain mourant gardant le caractère,
Semble aux dieux reprocher l'opprobre de la terre,
Et montrer à sa mort par ses seules vertus,
Le dernier des Romains, qu'on égale à Brutus.

BRUTUS.

Juste ciel! et pour moi sa perte inestimable....

LUCIUS.

Pour Rome et pour vous-même elle est irréparable....
Mais vous restez encore après ce coup fatal,
Est-il un autre même à votre cœur égal !
L'éloge de Brutus est dans plus d'une bouche ;
Il n'est point de Romain que sa vertu ne touche.

BRUTUS.

Il suffit, Lucius, un moment, brave ami ;
Daignerez-vous ne pas l'obliger à demi ?

(*) J'ôte au mot *corps* l's, par licence poétique.

Et savoir si le reste occupé par Antoine,
Est de son sort encor le moindre patrimoine?
Pour l'en assurer mieux, pourrez-vous d'un signal
En montrer sur ce mont le garant trop fatal?

LUCIUS.

N'en doutez point, ô dieux!

BRUTUS.

Que Lucius pardonne
Ce recours dont je vois que son ame s'étonne.
Hélas! pour mettre fin aux coups de mon malheur,
Ainsi, le veut Brutus, le destin et son cœur.

LUCIUS.

O ciel! vous l'ordonnez, quand je frémis moi-même...

BRUTUS.

Pourriez-vous refuser à mon malheur extrême....

LUCIUS.

Vous refuser, ô Dieux! non je ne le pourrais,
Quel en serait dans moi le plus grand des regrets?
Sans doute c'est trop dire au cœur le plus sensible,
Ce qu'il doit faire encore en ce moment terrible.
Sans tarder..., plus ouïr... vers les plus sombres bords,
Oui, je vole pour vous affronter mille morts.

(Il sort.)

BRUTUS, seul.

Brave ami.... mais il court.... ô toi destin coupable,
Pour tant de soins faut-il qu'un seul trait nous accable?
Et qu'à ces soins, ma main, par tes coups rigoureux,
Finisse de mes jours le reste malheureux!
A survivre, oui, mon sort n'a plus lieu de prétendre;
Il doit à son malheur s'abaisser et descendre.

4 *

Puisqu'ainsi j'ai perdu par ta fatale loi,
Ce qu'au monde, après Rome, était si cher pour moi,
De mon sang désormais je dois tarir la source,
Hélas ! j'aurais sans doute encor quelque ressource ;
Et sur un sol tout teint du sang de mon pays,
Mes pas fuyant seraient peut-être moins trahis ;
Et du sein de l'Asie et des antres du Parthe,
J'aborderais bientôt le jour qui m'en écarte ;
Mais quand pour moi j'irais du Parthe armer la loi :
Mon plus fidèle ami serait-il avec moi ?
Tout attristé du sang qui souille l'Italie,
Il m'en faudrait encor verser en Thessalie.
O Cassius, faut-il que de ta main frappé,
Ton cœur, comme tes yeux, pour moi se soit trompé !
Je n'ai point aperçu l'artifice d'un traître,
Je n'ai de moi, des miens, pas assez été maître ;
Et loin de toi pour lors je n'ai pu présumer,
L'instant que l'on cherchait pour te mieux victimer ;
Soutenant ton parti, tu l'emportais de même.
Quel déplaisir affreux pour un ami qui t'aime !
Et ce perfide Octave, au milieu du combat,
Que je n'ai point trouvé pour finir tout débat,
L'emporte maintenant ! quelle horrible surprise !
Il n'a pu triompher que par une méprise.
Au plus habile, ô ciel ! imprimant la terreur,
La victoire à mes pas enchaînait tant d'horreur.
Le plus lâche est vainqueur ; j'ai vaincu le plus brave,
Il faut qu'avec ce fer dans mon flanc je le grave.
O Rome, en oubliant le dernier des Brutus,
Que je plains désormais tes funestes vertus !

Plus que moi-même , hélas ! mon cœur t'avait chérie !
Puisqu'il le faut enfin , achève ta furie.
Mais c'est trop faire voir d'inutiles vertus
Que le sort trahissait ne les écoutant plus.
Ah ! quand je me flattais d'un bien qui porte envie ,
Ce sort en voulait même au reste de ma vie.
Va , si j'ai pu paraître un rigide inhumain ,
Je fus au fond du cœur rien moins qu'un assassin.
Qu'il achève , poursuive une fureur barbare ;
Mais crains pour toi qu'un jour il reste plus bizarre !
Je touche.... juste ciel ! Lucius tarde bien....
Et sur ce mont encor Brutus qui ne voit vien....
Mais , ciel ! il vient....

SCÈNE V.

LUCIUS, BRUTUS, *Soldats de Brutus.*

LUCIUS.

Hélas ! il n'est plus de retraite.
Antoine et son parti comblent votre défaite :
Ils se sont emparé du camp de Cassius ,
Il n'est plus de ressource à vos coups superflus.
Mais d'Antoine , d'Octave évitant la furie ,
Et bravant les excès de tant de barbarie ,
Vous pourriez fuir encore aidé de nos regrets ,
Des vainqueurs odieux , tous souillés de forfaits.
Vous ne m'écoutez point accablé de tristesse !
Dieux ! moi-même pour vous il faut que je m'empresse
A donner du secours à des jours malheureux
Qui ne méritent point un sort plus rigoureux ;

Et je vais par un trait pour vous bien moins barbare....

BRUTUS.

Arrêtez, Lucius, quel trouble vous égare ?....

LUCIUS.

Dieux ! votre mort....

BRUTUS.

Ainsi l'a voulu le destin.

O ciel ! osez-vous bien démentir un Romain ?
Ah ! pensez-vous encor que sans honte je tâche
A m'avilir ainsi par un trait aussi lâche ?
Vous pleurez, Lucius, ah ! pour comble de maux,
Pleurez bien plutôt Rome et ses cruels bourreaux.
Il vous suffit, fuyez, mon cœur de vous l'exige :
Cher Lucius, on vient, ô ciel ! fuyez, vous dis-je.

LUCIUS.

Ah ! que me dites-vous ?

BRUTUS.

Accordez à mon cœur

Ce que de vous, hélas ! demande mon malheur.

LUCIUS, *a part.*

Ciel ! qui l'accable ? ô ciel ! profitons de son trouble
Et courons empêcher que tous le mien redouble.

(*Il sort.*)

BRUTUS.

Je ne sais ou je suis, je ne sais ou je vais ;
Pour mon pays n'aguère à moi je me devais ;
Je réfléchis encor sur ma triste infortune.
La nature.... le jour.... la terre m'importune ;
Mais mon cœur est le même et mon courage aussi,
D'y penser est pour moi le plus faible souci.

Tout ne respire encor que meurtre, que ravage,
Quels cris jusques-à moi ramènent le carnage?
Bruit, désordre, fureur, déchiremens de flanc...
J'ai sorti du trépas; tout dégoûtant de sang.
Entends-je de cruels l'aproche sans la craindre?

SCÈNE VI.

BRUTUS, *Soldats d'Antoine et de Brutus.*

UN SOLDAT, *d'Antoine*, *l'épée nue.*

SUR le sang et la mort, sans redouter... nous plaindre...
Oui, Romains, poursuivons les assassins vaincus.

BRUTUS.

Arrête, téméraire, et reconnais Brutus.
Brutus est à tes yeux, oui, c'est moi vil esclave....

LE SOLDAT.

Peu m'importe, je sers sous les aigles d'Octave.
Fuir serait lâcheté, je brave ton pouvoir.
Te soumettant à lui je ferai mon devoir.

BRUTUS.

Et ces mots.... ta fureur les prononce, barbare;
J'irais pour t'en punir jusqu'au fond du Tartare.
Vous qui suivez ses pas, tremblez encor pour vous.
Toi bourreau sans pitié frémis même à mes coups.
C'est au fond des enfers que ta rage inouie,
Prouverait qu'un or vil excite ta furie;
Et quoique le destin soit par moi si changé,
Le brave Cassius alors serait vengé,
Sans plus te dire encor repoussé de ma vue,
Je pourrais te donner une mort qui t'est due.

Et tout prêt à te suivre ayant percé ton flanc,
Verser même à regret ton méprisable sang.
O fer entre mes mains qui servant ma patrie,
Pourrais punir un traître en l'ôtant à la vie,
Dans le cœur des mortels excitant tel effroi,
Que n'es-tu réservé pour un meilleur emploi.
Faut-il que l'homme hélas! vertueux ou coupable
Soit contraint à verser le sang de son semblable,
Toi bourreau qui m'entends il est cruel pour moi,
Et pour le monde entier de t'en faire une loi.
Oui, fuis si tu crains que par une mort prompte
Ma main ne venge en toi mon opprobre et ta honte;
N'ajoute à tant de sang répandu par tes mains
Ton destin, par moi, mis au rang des assassins,
Et que l'ame à regret de plus de sang nourrie,
Je n'en teigne ces lieux que souille ta furie.

LE SOLDAT (*à part.*)

A ces mots que j'entends, interdit je frémis.
Au seul nom de Brutus, à tant d'excès commis...
A tant de fermeté, de vertu, de courage
Résisterai-je encor dans ce moment de rage,
Suivre l'iniquité d'une attroce fureur,
C'est livrer, en effet, son semblable à l'horreur;
C'est en vil scélérat égorger sa victime....
Et c'est assassiner, et non punir le crime.
Quel recours, ... quel moyen, ... et quel nouvel effort...
Puis-je encore servir l'audace que le sort....
Non, ... cédons.... évitons.... ce moment est terrible...
Accabler un cœur pur est un forfait horrible.

(*Ils sortent.*)

BRUTUS.

Inhumains , vous fuyez , vous craignez de me voir ;
La vertu sur la terre a donc quelque pouvoir ?
Respectant d'un Romain le dernier patrimoine ,
Cruels ! allez vous joindre au courage d'Antoine !
Aux lieux où sa furie en comble les excès
Où lui-même d'Octave ordonnant les forfaits ,
Avec l'or des Gaulois ainsi subjuguant Rome ,
En cessant d'être libre a pu cesser d'être homme.
Pour mon cœur né stoïque , il n'a point de regrets;
Il est pur , il ressemble au souffle des forêts.
Oui, Vertu , sous les droits d'un culte non frivole,
On m'a vu te chérir comme une belle idole.
Hélas ! serais-tu donc une esclave du sort ,
Un phantome , un vain songe un gage de la mort ?
Mais je vois mon épouse à moi qui vient se joindre;
Sans doute quelle sait de mon malheur le moindre.
Sa douleur accablante aux portes du trépas ,
Tristement dans ses maux vers moi porte ses pas.

SCÈNE VII.

BRUTUS, PORCIE, *Soldats de Brutus.*

BRUTUS.

O moitié de mes jours , reste d'un sang illustre ,
La vertu dans les fers n'en a que plus de lustre !
Est-ce vous que je vois ? est-ce vous que mes yeux
Craignent de rencontrer dans ce moment affreux?
Quelle peine....

PORCIE.

O Brutus ! c'en est fait, et Porcie
Est prête à terminer sa déplorable vie.
Hélas ! ayant appris que le sort en fureur
Avait sur vous rempli le comble de l'horreur,
J'ai fait passer dans moi pour ressources cruelles,
D'un brâsier consumant les atteintes mortelles.
Vainement je résiste à ses feux dévorans,
Et je sens que mes pas sont déjà chancelans.

BRUTUS.

Vous m'avez prévenu, digne épouse, ô Porcie !
Que la vie, avec vous, ne m'est-elle ravie !

PORCIE.

Tout est fini pour moi ; mais que je crains pour vous,
Que des cruels ici qui vont porter leurs coups,
Avec une ame au meurtre, aux forfaits aguérie,
Ne comblent encor plus leur horrible furie !
Hélas ! ma mort approche et je la sens venir ;
Je meurs contente au moins, puisque je puis mourir
En rejoignant Brutus.

BRUTUS.

Ah ! dans ce jour extrême,
Vous ne démentez pas le sang de Canton même.
Cher objet... Ciel ! où suis-je ? elle expire, n'est plus !
Qu'éprouvé-je à sa mort ? tu frémis, ô Brutus !
O mânes que j'invoque ! ô Pompée ! ô mon père !
Destructeurs de bourreaux et vengeurs de la terre,
En délivrant mon cœur de ce jour odieux,
Que ne m'arrachez-vous à des monstres affreux ?

Ciel ! j'entends des cruels qui, témoins de leur crime,
Ici vont payer cher une telle victime.
Sans manquer de courage et sans manquer de cœur,
Tout-à-la-fois vaincu, triomphant et vainqueur,
Je n'apperçois que trop leurs traces que j'abhorre ;

SCÈNE VIII.
BRUTUS, ANTOINE, PORCIE, *morte*
dans un coin de la scène.
Soldats d'Antoine et de Brutus.
ANTOINE.

ET cesse de t'en plaindre au jour qui les honore.
Tu le vois, c'en est fait ; le sort vient de combler
Un espoir où pour lors tu n'as plus qu'à trembler.
Que ce soit perfidie, adresse, ruse ou fourbe,
Il faut qu'à leurs rigueurs ta dureté se courbe.
Que l'attentat en soit le terrible témoin ;
La guerre a ses horreurs qu'elle emploie au besoin.
Avec Octave et toi ce jour elle décide,
Et montre qui de nous envers Rome est perfide.
Ainsi qu'espères tu des coups de ton malheur ?
BRUTUS.
Mon courage, bourreau, les vertus de mon cœur.
Perfide à ton pays, horreur de ta patrie,
Fourbe, indigne des cieux dont tu reçus la vie,
Est-ce là le langage, ainsi que le bonheur,
Que l'homme à son égal doit pour son seul honneur ?
D'Octave qui se cache est-ce aussi la défense,
Avec un tel principe aidé de ta présence.

D'un moment as-tu cru prendre Brutus vivant ?
Barbare, as-tu pensé sans l'immoler avant,
Par ce trait odieux avilir sa mémoire ?
Aucun des tiens n'a pu s'arroger cette gloire.
Va, poursuis, mais frémis d'un autre charme en toi,
En voyant qui tu viens d'immoler avec moi.

ANTOINE, *appercevant Porcie.*

Ciel ! que vois-je ?

BRUTUS.

Inhumain, c'est Porcie elle-même ;
Assouvis-toi, jouis de ta noirceur extrême.
Par ce coup, sa main seule en comblant ton destin,
A fini dans son sein le sort du nom Romain,
Barbare, et s'immolant sans le moindre murmure,
N'en a pas dans son cœur étouffé la nature....
Non, son ame n'eut point par son intégrité,
D'un monstre tel que toi la sombre obscurité ;
Joins-y d'un assassin la ténébreuse offense :
La vertu n'est qu'un songe où la peine commence :
Mais que dis-je ? où m'égare un bien seul que j'aimais ?
Si la vertu succombe, elle ne meurt jamais.
O Romains ! dont jadis cette vertu sauvage,
N'offensa pas les dieux d'avoir trop de courage !
Régulus dont les coups par toi furent punis ;
O toi Coriolan, mis au rang des bannis !
Curtius dont le cœur par un trait héroïque
S'engloutit tout armé pour la cause publique ;
Pur sang de Torquatus qui sans ordre, vainqueur,
Fut livré par ton père au coutelas licteur.

Lui, souffrant peu d'écarts, et Rome sa justice,
Que le Sénat, sans doute, eut sauvé du suplice,
Malheureux Junius qui mourut au combat,
Jugeant, pleurant tes fils ennemis du Sénat.
T'y joindrai-je Annibal, l'épouvante de Rome,
Le fléau des Romains, dissimulé, mais homme ?
Oui, toi qui te fis voir de tout leur sang baigné,
Et qui devais par nous du moins être épargné !
Et toi qui sus le vaincre et détruisis Carthage,
Scipion, dont l'envie offensa le courage ;
Amis comme ennemis, digne d'un autre mort,
Vous avez ressenti les caprices du sort !
Peut être, à mon trépas, par Rome ainsi détruite,
Que vous serez encor plus vengés dans la suite.

(à *Antoine.*)

Tels sont les vœux, bourreau, dont je dois t'accabler,
Tremble, Octave respire ; il pourra t'immoler.
Par la noirceur, l'horreur, le complot, la malice,
J'ai subi du destin la plus lâche injustice :
J'ai servi mon pays ! il suffit, Brutus meurt.
Mais exempt d'un remord indigne de son cœur,
Peut-être un jour qu'aimé comme une image chère
Par quelque peuple enfin digne enfant de la terre,
Il s'y verra pleuré, même au sein des enfers,
Comme un bras qui s'arma pour venger l'Univers.
Commettant un forfait pour l'intérêt de Rome,
Hélas ! j'ai pu paraître à tes yeux moins qu'un homme.
Hélas ! j'ai pu frapper les plus fières vertus.
Mais va, la terre un jour justifiera Brutus.

ANTOINE.

O Romain !....

BRUTUS.

        Fuis , cruel, fuis , traître à ta patrie ?
Barbare, en m'approchant tu souillerais ma vie.
Oses-tu me montrer le trouble où je te voi.
Il est fait pour mon cœur, et n'est pas fait pour toi.
En se vengeant du tien le sien eût dû plus faire,
Il eût dû t'immoler au reste de la terre,
Et de pitié pour toi n'eût point dû se toucher :
C'est une faute , hélas! qu'il faut lui reprocher.
Peut-être en seras-tu bien payé par Octave ?
Par toi sa politique est de Rome l'entrave ;
Au combat par un sort que le mien a bravé,
Je l'ai cherché, cruel, et ne l'ai point trouvé ;
Peut-être de ses jours, j'aurais tranché la trame ;
Sans lui, sans toi, je puis disposer de mon ame.
Peu m'importe, à ma mort, que sans pitié, sans foi,
Le lâche, à mon malheur, insulte comme toi :
Je pourrais bien encor t'arracher quelque gloire,
Et te vendre bien cher un reste de victoire.
Mais me voir tout souillé du sang de mon pays,
Est un poids pour mon cœur d'un trop pénible prix.
Peut-être en ce moment à ta vue importune,
M'immolai-je en dépit de ma bonne fortune.
Plus que tu ne le crois , à tes pas odieux,
Peut-être suis-je encor par-tout victorieux.
De ce dernier bonheur j'aurais l'ame jalouse ;
Mais je n'ai plus que moi ; mais je n'ai plus d'épouse :

Mais je n'ai plus d'ami , mais Cassius est mort ,
Et malgré ce tourment que m'impose le sort ,
Tu ne présumes pas quelle ressource sûre....
Mais j'aime mieux mourir avec une ame pure.
De cet espoir certain je serais consolé ,
Cruel , je n'en veux point ; trop de sang a coulé.
Va, tu peux désormais t'arracher de ma vue.
Je me délivre ainsi d'un aspect qui me tue ;
Et par ce fer je livre aux rigueurs du destin ,
L'horreur que tu lui fis , monstre , du nom Romain.

(*Il se tue.*)

ANTOINE.

Ciel ! arrête.. mais dieux ! dieux ! que vois-je ? il se frappe ?
Ciel ! et mon remord même à sa douleur échappe.
O Porcie ! ô Romain ! couple que je chéris ,
Que je sens désormais de remords inouis.
Ciel ! Brutus , tu n'es plus et ton trépas m'accable :
Ah ! moins que tu ne crois , pour toi je fus coupable.
Combien l'homme se trompe en abusant ses yeux !
Que j'en crains désormais la colère des dieux !
Prêt à m'unir à toi, me joindre à ton courage ,
Quand j'en eus le penser, j'en eus dû faire usage.
Ta sincère vertu ne m'aurait point trahi ,
M'eût remis au sentier , si je l'eus mal suivi.
Tu n'as dit que trop vrai sur le perfide Octave ;
Si je n'étais puissant , je serais son esclave.
Indigne de César , il n'est plus qu'un rival ,
Qui n'est prêt qu'avec ruse à tromper un égal.
Contre un tel ennemi , faux , double avec souplesse ,
Hélas ! je suis perdu si j'ai quelque faiblesse.

Ah ! d'avoir en un jour montré tant de fureur,
Paraîtra-t-il jamais un forfait pour ton cœur ?
Tu meurs, tu ne vis plus, et ta mort est un crime ;
Et le sort l'a rendue à mes yeux légitime.
Sang des anciens Romains, Fabius, Curius,
Toi des Tarquins vainqueur, rigoureux Junius ;
Mânes, paraissez tous où la mort m'environne,
Et dévorez un cœur à vous qui s'abandonne ;
Brutus, sang de Caton, que ne respires-tu,
Pour voir ainsi sur moi l'effet qu'a ta vertu !
Oui, vois mon repentir, aussi bien que mes larmes,
Et combien des Romains je rejette les armes.
O Brutus, sois témoin de mes tristes remords ;
Porte-les, toi, Porcie, ensemble chez les morts.
Si tu parus cruel, tu ne fus point barbare :
Que le destin, Brutus, est encor plus bizarre !
Pour expier, hélas ! ce crime de mon cœur,

(*Défaisant une cotte d'arme d'or, et la mettant sur le
corps de Brutus.*)

Reçois cet ornement digne de ton malheur ;
Qu'il serve de triomphe au sort digne d'un homme
Qui mérita ce jour d'être éternel pour Rome.
J'admire tes vertus, je pleure tes destins,
Et j'embrasse dans toi le plus grand des Romains.

Fin du troisième et dernier Acte.

www.ingramcontent.com/pod-product-compliance
Lightning Source LLC
Chambersburg PA
CBHW060813180626
46818CB00002B/812